Le premier coup

Nouvelle psychologique

Oscar Nona

L'ensemble de cette nouvelle correspond à des faits réels

Préface

A travers ce texte, je fournis un témoignage. En aucun cas, je ne le confronte à la réalité que vivent bien trop de femmes. Les violences conjugales se manifestent sous différents aspects. Je continue de penser que le couple dont je dépeins le destin n'aurait jamais dû se former. Séparément ; ils auraient trouvé quelqu'un qui les aurait équilibrés. Certaines personnes à priori pacifiques se transforment en créatures agressives dès qu'elles se mettent en ménage avec leur mauvais génie.

Dans ce récit, les excès d'une femme et le summum de violence qu'elle provoque rendent sa mort non pas excusable, mais admissible. Pour autant, je ne nie pas ses côtés touchants et sa chaleur. Pour l'homme meurtrier, j'évoque la peur et la sincérité. Tous les deux, chez moi, ont été pleurés à égalité.

Le journal, joù a été consigné ce fait divers s'est contenté des formules d'usage. On ne saurait s'attendre à la moindre nuance pour un événement en apparence banal. L'article décrivait ce qu'on nomme à présent un féminicide. Bien évidemment, je ne m'oppose pas à cette notion et je comprends que l'expression « crime passionnel » cause beaucoup de confusion et de frustration. Néanmoins, certains cas exigent qu'on les décortique, qu'on les dissèque.

Bienvenue donc dans une histoire hors norme où les poncifs sur les rapports conjugaux s'inversent. La réalité décide de contredire les affaires traditionnelles qu'à juste titre, on tente d'éradiquer.

Dans cette réalité, trois individus en ressortent anéantis, la mère, le père et l'enfant.

Évidemment, nous aurions voulu vous offrir l'omniscience. Maintes suppositions tenteront de palier les mystères. Chaque élément extirpé de ce huis clos viendra étayer la thèse la plus plausible. Car nous ne chercherons pas à mettre en exergue une version complaisante. Oublions notre conception des rapports humains, en particulier celle du couple hétérosexuel.

Jamais je n'ai déclenché le moindre des faits décrits. En mon absence, le même processus se serait mis en branle, probablement sous une autre forme, mais avec la même conclusion. Sans doute raillera-t-on ma propension à une crédulité aveugle. J'ai accueilli ces amitiés avec beaucoup de candeur. Jamais je n'avais connu ce type d'attachement.

Je pense que si je m'en étais ouverte à mon compagnon d'alors, son pragmatisme m'aurait exhorté à m'éloigner de ces relations troubles. J'avais peu de contact avec les autres, qui m'accueillaient avec beaucoup de froideur. J'employais souvent un vocabulaire inapproprié pour des conversations triviales.

J'évoluais parmi des groupes de femmes au foyer. Beaucoup de ces microcosmes familiaux ne vivaient que sur le salaire du père. Chacun se retrouvait piégé. Les pères devaient conserver leur emploi, en dépit de toutes les difficultés, et maintenir leur image patriarcale. Les femmes devaient elles aussi manger leur pain noir, supporter les mauvaises humeurs du conjoint, craindre les infidélités et une rupture qui mettrait la pagaille dans leur vie. Bien souvent, les mères de famille aimaient se mettre en concurrence sur les dépenses, l'assiduité au nettoyage ou quelques succès mineurs des enfants. Toutes ces luttes de pouvoir, je ne les comprenais pas forcément. Bien souvent proches de la misère, elles ne cessaient de cancaner sur les petites affaires du quartier. L'une d'entre elle tenait beaucoup à connaître les dépenses de nos vacances. Je savais que chaque information serait distillée et commentée ad nauseam.

Comme beaucoup, je vivais sous le regard des autres. Celles qui me vilipendaient me sollicitaient volontiers pour tirer parti de mon aisance en rédaction. L'une d'entre elle prenait plaisir à informer les autorités de la moindre anicroche dont elle avait connaissance. Son niveau intellectuel plus que médiocre la maintenait dans le lumpenprolétariat. Interférer dans la vie des gens, espérer les dégrader, lui donnait l'occasion d'exercer un pouvoir. Je la croise de temps en temps, mais je ne lui fournis aucune matière à exploiter. Je ne doute pas que par le passé, elle ait tenté de me nuire. D'ailleurs, elle affichait une caractéristique très curieuse : elle s'exprimait avec l'accent du Nord. Toute son enfance, elle l'avait passée en Ile-de-France, rien ne pouvait expliquer cette spécificité. Elle travaillait comme assistante maternelle. Un jour, elle m'avait contactée pour que je l'aide à monter son dossier de validation des acquis de l'expérience. On ne pouvait rien reprocher à la partie écrite, à laquelle j'avais participé activement. Pour le reste, je suppose que sa réputation lamentable a entravé cette évolution.

Mais faisons fi de la faune qui rôde aux alentours et immergeons-nous dans cet assemblement de scènes qui déboucheront sur un non-retour.

Ce récit commence au début des années 2010. A cet époque, je veille sur ma fille, atteinte de troubles autistiques. Je partage moi-même ce fardeau, sans en avoir conscience. Sa prise en charge nécessite la consultation de plusieurs spécialistes, et la présence, en classe, d'une auxiliaire de vie scolaire.

Ce matin-là, comme à mon habitude, j'observe ma fille dans la cour de récréation. Elle se tient déjà prête à former le rang. Je trouve qu'elle se sent bien et j'aime la voir prête à regagner sa classe rapidement. Je l'emmène très souvent au parc et je me focalise de longues heures sur ses jeux. Elle, en activité, et moi, statique, je me retrouve, à la saison froide percluse de courbatures en rentrant.

Ce jour-là, un homme m'aborde. Je le connais de vue. Il me dit que lui et sa femme travaillent et qu'ils ont besoin, de temps en temps, que quelqu'un garde leur fils.

Grand, brun, d'1 mètre 80, aux yeux clairs, il est originaire de Serbie. Il emploie communément un prénom français que nous appellerons Alain. Pour son enfant, nous choisirons Mattéo, et pour sa compagne, Nathalie.

Il me paiera, au noir, 5 euros de l'heure pour garder ponctuellement Mattéo. J'accepte, pour gagner symboliquement un peu d'argent et pour donner à ma fille l'occasion d'avoir un camarade de jeu.

Nathalie, infirmière, connaît des horaires irréguliers. Alain est employé par la RATP. Nos enfants s'étaient fréquentés en maternelle. Le père me trouve un air gentil, raison pour laquelle il m'aborde pour cette proposition d'emploi. Je pourrai consacrer ma rémunération à offrir des jouets à ma fille. La présence de l'enfant ne dérange nullement mon compagnon. L'accord se met en place. J'accueille Mattéo parfois pour dîner, parfois au petit matin puisque j'habite en face de l'école.

Je ne connaissais de Nathalie que son pas, sec et nerveux. De prime abord, je l'imaginais orgueilleuse et inaccessible. Les cheveux de jais, de beaux yeux bruns, des traits d'une grande harmonie, elle incarnait l'image de la Française, élégante et distante.

Ils me remettaient l'enfant à tour de rôle. Généralement, il ne nécessitait pas beaucoup de travail. Maigre, un peu nerveux, il souriait rarement.

De plus en plus souvent, je croisais Nathalie. Au fil du temps, j'apprenais à la connaître. Je constatais qu'elle vivait beaucoup de désillusions sur sa vie conjugale. Tous les deux avaient contracté un certain éloignement et beaucoup de manque de communication. A chaque fois qu'elle osait une confidence, je répliquai de manière si précise qu'elle me répondait avec taquinerie que je semblais vivre avec eux. Régulièrement, nous devisions devant l'école maternelle, si longtemps que la sonnerie de la récréation venait nous surprendre.

Malgré son physique avantageux, je ne ressentais nul désir à son endroit. Sans aucune ambiguïté, je recherchais sa conversation. Sous un aspect rugueux, j'avais découvert une personnalité sensible, une mère tendre et beaucoup de candeur. Je me souviens de sa manière délicieusement infantile de prononcer le mot « chocolat ». Certaines femmes utilisent cette intonation adorable quand elles évoquent un objet de gourmandise. Cette manie touchante, j'aime l'entendre caresser mes oreilles. Incontestablement, je lui reconnaissais beaucoup de charme, mais pas au point de m'enjôler. Mais je comprenais bien l'attrait qu'elle devait provoquer pour les hommes et pour quelques femmes.

A présent, je me trouve à fouiller dans ma mémoire les événements qui se sont succédé. Je voudrais tant réussir à défaire cet écheveau, à retracer avec exactitude le trame que je m'apprête à dévoiler.

A tous les deux, j'ai donné ma confiance et mon affection. Sans doute percevais-je les choses avec bien trop d'ingénuité, croyant tout sans réserve. Vous, si dissemblables, je vous aimais. A chacun, je trouvais une personnalité touchante, une envie de vous connaître, de partager des moments de communion amicale. J'avais ressenti une sorte de coup de foudre, totalement chaste envers vous deux. Je ne salirai aucun d'entre vous, je sais vos démons, je sais vos errances. Je resterai hors du jugement, dans le factuel. Je n'oublie pas, pourtant jusqu'où cela aurait pu m'entraîner. Mais jamais je ne pourrais me présenter comme victime. Je m'en suis sortie sans dommages, à part avec l'incompréhension de l'âme humaine. En aucune façon je ne cherche à vous souiller, nous ne méritiez pas ce dénouement. .Tout au long du récit, j'exposerai ma consternation et non ma colère. Vous ne méritiez pas le châtiment que vous vous êtes infligé. Vous aimiez profondément Mattéo, vous ne pensiez pas lui faire subir un pareil supplice. A présent, le voilà un homme, peut-être à la recherche de la vérité.

Nathalie, tu as embelli ma solitude, comme ton fils celle de ma fille.

Que puis-je connaître et comprendre de vous ? De votre passé, il me reste quelques allusions, des secrets douloureux, des plaies encore vives. Quand Nathalie, avec Mattéo, bébé, a eu un accident de voiture. Un événement hasardeux ou un acte volontaire ? J'ai senti qu'elle avait peut-être provoqué ce drame. Au poignet et à l'avant-bras, Mattéo présentait des cicatrices d'éclats de verre. L'aurait-elle entraîné dans son désespoir forcené ?

Très souvent, j'ai songé au suicide mais jamais je n'aurais disposé du destin de ma fille. Une colère, une fuite, et cet élan vers l'infanticide ? Pourquoi, Nathalie ? La toute-puissance maternelle nous pousse vers un amour incommensurable, l'empathie physique et psychologique développée à l'extrême. On se sent même la larme à l'œil quand on vaccine notre nourrisson. Ce sentiment sublime s'était peut-être estompé en toi. Les femelles primates ne sacrifient pas leurs petits. J'espère me tromper sur ton intention de ce jour-là. J'espère que tu ne ressentais que de la fatigue et de la nervosité ; que tu n'avais pas pris cette fatale décision. Je crois en ton humanité, je ne peux t'imaginer condamner ton enfant.

A l'heure où j'entrais dans votre vie, vous aviez déjà commencé à vous anéantir. Bien sûr, je ne me considère pas comme le déclencheur. Juste une amie prête à recueillir des confidences.

Alain, j'aimais ta voix ronde et placide, cette sorte de virilité sereine qui caractérise les hommes sûrs de leur valeur. En toi, je percevais aussi un peu de mélancolie slave. Tu t'étais adapté à une autre culture. Avant tout, tu aspirais à bien suivre les lois et tous les principes moraux. Ta rigueur confinait parfois au rigorisme.

Quel contraste avec Nathalie, exubérante, fantasque, une personnalité qu'elle dissimulait sous un masque hautain. Cette vie qui l'animait marquait une femme à son zénith, où la sensualité s'épanouissait dans son pas félin. Son corps glissait dans un érotisme puissant, si caractéristique d'une femme mûre. Elle avait atteint l'apogée de la puissance sexuelle. Bien souvent, les hommes la fixaient avec gourmandise. Pour ma part, j'aimais me focaliser sur ses petites pattes d'oie qui donnaient à son regard un grand trait de douceur. Je la savais très belle. Elle possédait une voix éraillée mais équilibrée, qui rajoutait à son charme. Pour autant, elle ne cherchait pas à se montrer attirante, elle poussait la coquetterie à un seuil très raisonnable.

Oui, je t'avais trouvée Nathalie. J'avais obtenu quelque chose qui m'avait longtemps fait défaut : l'amitié. Mon autisme m'avait rendue solitaire. Je ne savais pas communiquer avec autrui, mais toi, tu m'avais transmis ta chaleur humaine. J'ose croire que tu nourrissais des sentiments affectueux à mon égard. Je parie sur une part de sincérité.

Mais peut-être avant de vous détailler, Alain et toi, j'aurais dû situer le quartier où nous vivions.

Dans une ville moyenne de banlieue, les barres et les tours se mélangeaient entre parc privé et HLM. Les niveaux de vie disparates existaient parfois dans le même immeuble. Comme à l'accoutumée, les classes moyennes subissaient des tarifs surtaxés pour les frais de cantine ou de loisirs. Bien souvent, elles seules s'acquittaient de l'impôt sur le revenu. Elles craignaient bien sûr le déclassement et on leur exposait, chez leur voisin, la marche la plus basse sur l'échelle sociale. Ne pas leur ressembler, nous enfuir, elles psalmodiaient à l'envi ce leitmotiv. La classe moyenne connaît bien son sort : jalousée par les nécessiteux et méprisée par les classes supérieures. Nous vivions ainsi, mon compagnon, ma fille et moi, renonçant à l'inaccessible Paris, ainsi qu'aux communes limitrophes. Depuis Notre-Dame, il nécessitait au moins 12 km de distance pour trouver où se loger.

Quelques temps, une femme sans abri logeait, avec une couette dont elle ne se départait jamais, dans les cages d'escalier. Les hommes et leurs chiens y urinaient. Quelques jeunes vandales taguaient des maximes au sens très douteux. On humait le pissat, la cendre froide et les volutes de cannabis. A ce propos, cette appétence pour la marijuana m'a toujours parue paradoxale. Quand je la sens, elle me rappelle le sang des menstrues qui entame son oxydation. En fait, ai-je envie de lancer en guise de taquinerie, les règles des femmes vous attirent. Je pense que vous savez comment étancher votre soif.

Ainsi, des miséreux cohabitaient avec des foyers modestes ou moyens. Chacun rêvait de s'extirper de ce bourbier.

Au cœur du quartier existait une MJC. Tout indiquait une atmosphère de corruption et de népotisme. Les postes de comptables et de responsables jeunesse changeaient plusieurs fois par an. Derrière le sourire en apparence débonnaire de la directrice, on débusquait une forte ambition. Son niveau d'éloquence plus que basique étonnait pour de telles responsabilités. Son mari avait pris le poste de chef du service informatique. Derrière chaque occasion, on percevait son carriérisme forcené. Mais, bien sûr, un jour, le vent tournera.

Nathalie affichait une inculture très intrigante. Lorsqu'elle me montrait son planisphère, elle ne savait pas reconnaître l'Afrique. Je détaillai les continents avec Mattéo et elle lui recommandait de bien écouter notre échange. Dans la société, elle réussissait pourtant à se forger une place. Ces carences inexplicables me sidéraient. Pour rien au monde je ne l'aurais raillée : je connais les troubles de l'apprentissage. On ne saurait blâmer ceux qui en souffrent. Derrière son assurance, j'ignore tout des humiliations subies à l'école. Assurément, elle doit souffrir de ne pas avoir su assimiler les bases de la culture générale. J'évite de lui parler de cet aspect, je m'étonne, mais je ne commente pas. Je ne méprise que ceux qui veulent contrôler les autres et chercher des bribes de pouvoir. On en côtoie autant chez les incultes que chez les érudits. Elle ne pouvait pas avoir accès aux arts, à l'histoire et à la géographie. Néanmoins, elle appréciait les sorties, hors de sa zone de confort. Avec des difficultés similaires, je ne pense pas que je me serais aventurée dans des lieux où je me serais considérée comme intruse. Je n'ai pas mesuré les efforts qu'elle fournissait pour affronter le monde. Eviter certaines thématiques. Abréger les échanges périlleux. Mais je me souviens qu'elle m'avait taquiné de manière mignonne parce que je ne connaissais ni Klaus Nomi, ni Chantal Ladessou.

Elle décrivait sa mère comme toxique. Depuis longtemps, elle n'entretenait plus la moindre relation avec elle. Jamais elle ne se confia à moi à ce sujet.

Malgré certaines zones obscures dans les relations entre Alain et Nathalie, je considérais celle-ci comme une bonne mère. Jamais je n'ai douté de l'amour qu'ils portaient à leur petit garçon. Mais malheureusement, ils avaient tous deux développé des dépendances aux médicaments. Tous les jours, il prenait sa dose de valium. De son côté, elle carburait au théralène. A défaut d'ordonnance conforme, elle m'a utilisée pour obtenir ses cachets. Un jour, elle vint m'affirmer que ma fille faisait des « crises » et que je pourrais l'emmener chez le médecin pour lui obtenir la molécule qu'elle désirait. Je m'imaginais mal imposer à ma fille une consultation et me voir mentir à la doctoresse. Je n'avais pas à déranger mon enfant pour nourrir une addiction d'adulte. Si j'avais montré plus de recul, j'aurais dû m'insurger contre cette manœuvre. Comment peut-on suggérer à l'autre de se servir de son enfant pour obtenir de la drogue ?

En guise d'épilogue, elle me tendit une ordonnance. Elle avait été rédigée à mon nom. Quel praticien indigne avait pu établir cela au nom d'une patiente jamais rencontrée ? Je me retrouvais au pied du mur, avec un document sans doute falsifié. Me voici donc embarquée dans une fraude. Sa requête me dérangeait profondément, elle heurtait mon sens moral. Elle ne m'avais jamais prévenue qu'elle attendait ce « service ». Elle abusait de ma complaisance. Par ce fait, elle m'entraînait vers l'irrégularité. J'entrai dans la pharmacie et je croyais tout de même l'ordonnance conforme. On me remit les traitements. Je me sentais mal à l'aise, coupable.

Je pense néanmoins que les pharmaciennes, avec leur expérience, ont pu détecter la falsification. Jamais on ne m'interrogea à ce sujet. Assurément, on avait compris qu'on avait abusé de ma vulnérabilité. A ce moment, j'aurais dû m'insurger contre sa manipulation. Quelques mois plus tard, j'appris qu'elle avait subi une garde à vue. J'en ignorais le motif. On m'avait laissée en paix. Mais j'en ressens encore de la culpabilité. Elle ne m'avait pas traitée en amie, mais en marionnette. Mais elle m'avait sans doute écartée de ses ennuis, expliquant que je lui rendais simplement service.

Actuellement, je romprais n'importe quelle amitié qui comprendrait ce type de comportement toxique. Jamais je ne juge les dépendances mais je refuse que l'on m'entraîne sur la corde raide. A aucun moment elle ne cherchait à me faire du mal. Peut-être ignorait-elle le sens des réalités et croyait pouvoir résoudre ses problèmes avec des idées risibles. Parfois, elle réagissait comme une petite fille, pensant que les vœux se réalisaient par une sorte de pensée magique.

Une personne pragmatique se serait présentée aux urgences psychiatriques et aurait expliqué calmement : « Au fil du temps, j'ai commencé à souffrir d'une addiction au théralène. J'ai besoin qu'on m'aide. Je souffre. ». Et, sans la juger, ils auraient examiné ensemble la situation, trouvé un substitut, l'auraient orienté vers le service adéquat. Certains médicaments, prescrits sans clairvoyance, créent des drames dans les familles. Nathalie partait en quête de ce traitement, prête à sortir du cadre légal. Tout entière, elle monopolisait ses ressources pour obtenir ce qui ne lui fournissait que quelques semaines de sursis. Il faudra trouver un nouveau stratagème, solliciter quelqu'un d'autre, importer à prix d'or depuis internet.

Jamais elle n'a renouvelé auprès de moi sa demande.

Lui, d'habitude, s'isolait sur son ordinateur dans une sorte de cagibi, un ancien placard à balais. Sans cesse, il se sédatait au valium. Mélancolique, solitaire, il cherchait dans quelques misérables mètres carrés une échappatoire à ses tracas du quotidien. Parfois, un malheureux se suicidait. On pense rarement au malchanceux qui va devoir récupérer les derniers morceaux de cervelle sur la voie. On ignore le cheminot, qui, malgré le frein, sent déjà l'engin broyer le désespéré. Ce jour-là, je sentis Alain taciturne, las de la condition humaine. Comme si la viscosité des restes humains s'était engouffré sous ses ongles. La paix. La résilience. Il évoluait dans un univers où la misère, tant matérielle que psychologique l'avait laminé. Il espérait, chaque soir, retrouver Mattéo de bonne humeur et que Nathalie ne lui rapporte rien d'angoissant. A dire vrai, il aurait préféré une compagne placide, constante, vers laquelle de minuscules bonheurs quotidiens contrebalanceraient une heure volcanique. Mais il avait aimé le feu de Nathalie, l'inattendu, les surprises qu'elle révélait à chaque instant. Avec Mattéo, affirmait-il, nous arrêterons d'improviser. Un enfant nécessite de la discipline et de l'exemplarité. L'exubérance, l'à-peu-près, ne devaient plus régenter leur vie. De là émanait leur première scission.

Alain se montrait toujours précautionneux avec Mattéo. L'enfant mangeait peu mais débordait d'imagination et d'énergie. Il aimait partager avec lui les films de Mister Bean, des petits tours en moto ou un bon hamburger. Il s'adressait à lui avec douceur et compréhension. Avec lui, il maintenait une sorte de distance, mais on sentait un amour paternel sincère. Les sentiments profonds qu'il ressentait pour cet adorable garçonnet ont justifié les derniers instants de sa vie.

Alain s'intéressait aux camarades de Mattéo, à tous ces gamins vifs et curieux, toujours à l'affût, comme des suricates. Au fil du temps, il avait regagné de sa spontanéité et il retrouvait la naïveté attendrissante de la marmaille. Cela contrastait avec la bureaucratie kafkaïenne qu'il rencontrait au travail. Ici, au parc, les amitiés se brisaient et se ressoudaient en quelques gestes et quelques mots.

Mais plus je fréquentais cette famille plus je la sentais mise à nu devant moi. Mais Alain ne me causait pas le moindre trouble. Il vivait son quotidien dans l'ordinaire et la tempérance. De lui dégageait une aura rassurante, l'essence d'un homme raisonnable.

Nathalie, elle, cherchait des frissons, le plaisir de l'outrance. Par la transgression, elle interpelait Alain sur son absence de caractère fantasque. Sans que je le veuille, elle m'impliquait dans son comportement dangereux. La présence de Mattéo ne la freinait pas dans son besoin de braver la morale et la loi. Galvanisée, elle fanfaronnait quand elle pouvait parader avec son trophée.

Quand nous nous rendions dans une boutique, alors que j'effectuais sagement mes achats, elle réussissait systématiquement à planquer un article dans son sac à main. Aucun technicien, aucun employé ne semblait capable de la pincer. Même à Disneyland, elle fourra un porte-clé de Jack L'épouvantail dans ses affaires. A la boutique du Louvre, elle déroba un mini « projecteur » qui faisait défiler des images des chefs d'œuvre du musée. Je n'appréciais pas, bien évidemment, ce genre de comportement. A chaque fois, je m'étonnais de ses larcins, comme si je lui accordais systématiquement des sursis.

Je n'ai jamais pensé à lui dire : « Ce que tu fais me mets mal à l'aise. J'aimerais que tu cesses cela lorsque nous sommes ensemble ». Je pense que j'aurais pu lui exposer ces conditions sans qu'elle ne se sente attaquée. Mais je n'osais pas me confronter à qui que ce soit, même pour des motifs légitimes. Peut-être m'aurait-elle répondu : « Oui, je comprends, je ne le ferai plus ». Quand elle brandissait, l'objet de son vol, elle devait se rendre compte de ma moue dubitative. Je me sentais démunie face aux événements.

Je marchais aux côtés d'une kleptomane et j'agissais à chaque fois comme si je l'ignorais, comme si une entité démiurge avait refaçonné Nathalie. A nouveau, je redécouvrais la trahison. Je pensais qu'elle avait songé sérieusement à ses mauvais agissements et décidé de les corriger à l'occasion de notre prochaine sortie. Même à l'intérieur de l'hypermarché, elle ouvrait et consommait des denrées. Avec Mattéo, ils avaient déjeuné ainsi, dans les rayons sans recevoir la moindre remarque, ni même un minuscule blâme. Dans ces boutiques et ces grands magasins, on la détaillait comme une brune élégante et gracieuse, non comme une voleuse pathologique. Comme on ne la surveillait pas, elle pouvait agir à sa guise.

Mais je me sentais aussi utilisée. Ma présence permettait de détourner l'attention. Je regardais les joujoux et les bonbons qu'elle dérobait comme si on les avait frappé de malédiction. Le jeu innocent me semblait souillé, désormais inapte à distraire, à provoquer l'allégresse entre les mains d'un enfant. *De toute façon, elle arrêtera de le faire. Elle comprendra l'embarras que cela me provoque*. Mais je me retrouvais de nouveau face avec mon ingénuité. Bien sûr, je le reconnais, je tolérais bien trop d'elle. Mais je la considérais comme ma seule amie. Avec plaisir, elle répondait à mes idées de sortie. Nous pouvions nous consacrer l'une à l'autre.

Ma fille connaissait une relation authentique, où deux enfants frêles et réservés découvraient ensemble des musées et des parcs. Ils partageaient une tendresse fraternelle, tous les deux enfants uniques. A la maison, ils s'inventaient leur propre univers et dehors, ils apprenaient comment fonctionnaient les autres. Dans les fratries, ils constataient les conflits, les amertumes et les violences. Depuis toujours, on avait plaint l'enfant unique, prétendument seul et égoïste. En vérité, ils n'aimaient rien de plus que de partager leurs jouets avec les enfants du voisinage. Ces derniers ne manquaient jamais de casser ce qu'ils mettaient à leur disposition.

J'avais rencontré l'amitié, mais elle était bancale. Mais je me laissais entraîner par ce sentiment trouble qui ressemblait plus à de la dépendance qu'à de la sororité. Toujours, elle acquiesçait à mes propositions d'activités, elle me délivrait de ma solitude.

Tout au long de ma vie, je n'avais jamais connu de relation égalitaire avec une femme. A l'école, consciente de mon autisme, on me répliquait « mais c'est bien ça ! » quand on apprenait que j'avais connu mes premières règles ou mon premier béguin. On m'expliquait comment je devais réagir. Quand ma sœur aînée s'était fait une légère foulure au ski, un groupe de filles vint tourner autour de moi pour me donner l'injonction de m'inquiéter. Devant leurs reproches, je commençai à pleurer. « Elle veut voir sa sœur ! Elle veut voir sa sœur ! » piaillaient-elles en se donnant l'impression de grandes âmes. Seule la prise à partie m'avait blessée. Je ne comprenais par leurs exigences, cette manière de forcer ma réaction. Le contact des autres m'avaient fracassée. Au final, je pensais de plus en plus à les éviter, plutôt que de supporter leur injustice. La souffrance causée par leur condescendance ou leur persécution me faisait me pisser dessus en classe. Comme j'évitais de boire le matin, mon urine continuait de couler, mais bien plus odorante que si je m'étais hydratée. Plusieurs années, j'ai connu cette humiliation quotidienne. Jamais qui que ce soit ne s'intéressa à mon sort. Ni prof, ni camarade ne tenta la moindre chose. Depuis, je bois beaucoup, et j'ai musclé mon périnée. Mais en cas de stress important, je sens ma vessie redevenir capricieuse. Peut-être mes parents m'ont-ils contrainte à la propreté trop tôt, ne me laissant pas l'occasion de maîtriser suffisamment mes sphincters.

A cet âge charnière, on rediffusait une série américaine qui mettait en scène un adolescent trisomique. Il s'appelait Corky. Une certaine Stéphanie, élève d'une classe en dessous prenait grand plaisir à m'interpeller par ce prénom. Je maudissais les programmateurs qui pensaient choisir une œuvre tolérante et humaniste, alors qu'ils condamnaient des milliers d'enfants à des sobriquets humiliants. Pour beaucoup, l'autisme et le syndrome de Down se confondaient.

Stéphanie me demandait aussi pourquoi je marchais comme un singe. Cette adolescente détestable s'amusait à me tourmenter et elle en tirait une jubilation paroxystique. En matière d'harcèlement, l'intensité d'une seule parole vaut pour une désintégration totale de la dignité. Avec elle, j'endurais avec une fréquence « raisonnable », mais l'ampleur me laminait. J'encaissais cette vague de perversité comme un bouchon de liège ballotté par les flots.

Je me confiai à ma mère. Elle me répondit qu'on jalousait mon intelligence. Assurément, elle ne comprenait pas qu'on me considérait comme une arriérée et que personne ne songeait à me ressembler. La deuxième fois, elle me cria dessus : 'Tu t'es encore fait traiter de Corky, et tu ne t'es pas défendue !? ». A force, pour ne plus être rabrouée, j'avais pris l'habitude de tout taire.

Maintenant, je me retrouvais avec ma fille, redoutant le mot maudit d'« autiste ». Mais je la sortais le plus possible, m'exposant ainsi à entendre les propos des persifleuses. Certaines soutenaient qu'on devait donner un frère ou une sœur à un autiste. Avec mon enfant, je connaissais suffisamment de désespoir pour prendre le risque de renouveler l'expérience. Je les voyais, les pédagogues de la tour C, instiller leur venin avec délectation.

Nathalie ne s'était jamais permis le moindre commentaire désagréable concernant ma fille. Elle respectait le spectre de toutes les personnalités. Cette absence de jugement, je la rencontrais chez elle comme une constante. En retour, je lui donnais spontanément toute ma confiance. Quand nous nous retrouvions au parc, elle tirait grand plaisir à contempler les enfants jouer. Elle encourageait chaleureusement une fillette qui cherchait l'équilibre en apprenant à faire du vélo. Comme je le constatais, elle comprenait parfaitement la psychologie des enfants. Petit à petit, je l'avais entraînée à s'exercer à l'éthologie à l'heure du goûter. Observer le comportement enfantin, cela m'évoquait ma fascination devant l'enclos des babouins. Toutes ces interactions, les rapports de domination, la tendresse maternelle et la concupiscence me faisait l'effet d'un microcosme humain. Mais ces petits, au parc, nous offraient le partage, le rire, la peur, la joie, l'inhibition. Elle et moi, stoïques, nous lancions dans quelques saillies pleines de tendresse envers cette société de petits *homo sapiens*. Elle les aimait, de son cœur de mère, de son cœur d'être humain.

Si tu avais su te repaître de ces petits bonheurs, je serais aujourd'hui en train de te servir un café bien corsé. Etrangement, je ne me suis pas sentie démunie à l'idée de ne plus te revoir. Tu n'existais plus. Point. Jamais je n'ai projeté quoi que ce soit. Mon imagination, te concernant, avait été tranchée comme un nœud gordien. Aucun méandre de tristesse ne venait phagocyter mon être. Comment expliquer mon indifférence ? Cette douleur qui n'a jamais pu émerger ? A aucun moment, je n'ai feint mes sentiments. Tu pouvais te convaincre avec raison que je sentais de la joie lorsque tu apparaissais. Tu le sais, je ne trichais pas avec toi. Par attachement, j'admettais l'inadmissible. Pour voir tes yeux noirs rieurs, j'aurais enduré bien des tourments. Tes pupilles et les premières rides de la quarantaine me disaient : « Vois, combien j'ai vu, combien j'ai joui. Vois ce que la liesse a inscrit sur mon visage. Vois les drames qui m'ont ébranlée mais jamais détruites. Les épreuves m'ont portée jusqu'à ce moment de grâce. Ton visage fait enfin face au mien. Ce que tu savoures furtivement, c'est l'essence de la femme. Toutes, dans la même condition, partageons ce regard inouï. Il te crie ce que je suis. Il psalmodie que j'aime la vie, que j'aime mon enfant. Il contient mes secrets et mes hontes. C'est une catharsis cyclopéenne, qui t'enjôle autant qu'elle t'entraîne dans la torpeur. Tu me reverras dans d'autres yeux comme si je me métamorphosait à loisir. Quand l'Autre fera face à toi, que tu te perdras dans ses prunelles, tu te diras : Nathalie, voilà où l'éternité te loge. Et les yeux de l'Autre te feront vibrer de désir, d'amour et de désespoir. Oui, je réside en elle. J'ai trouvé refuge dans ce miroir flamboyant. Elle t'as happée par sa voix, par sa grâce et son rire d'enfant. Mais pour le moment, tu n'en sais rien. Tu ignores ce qui sommeille en toi. Un jour, tu rêverais des mains des femmes. Tu reconnaîtras leur odeur unique. Qu'as-tu vu ? Je chante toutes les mélopées de l'Univers. Je contiens des galaxies dans les lunules de mes ongles. Je vogue dans la mer sublime et tortueuse du bateau ivre. Je connais tout, j'ai tout exploré dans mes aventures sidérales. Elle, tu l'appelleras *mon amour* mais tu ne me reconnais que comme ton amie. Tu sauras tout lui pardonner, autant ses outrances que ses silences. Tu ne chercheras pas à savoir si elle t'aime, mais si elle est heureuse. Dans mon regard, tu ne vois pas mon avenir, mais le tien. La révélation prendra son temps. En attendant, nous sommes deux femmes qui se font face et se sourient. Nous vivons l'âge d'or de notre relation. Profitons, en bonnes hédonistes de cette conversation sereine. »

Ton regard soutient le mien, mon amie. Nous rions, nous badinons. Nous surveillons les enfants, nous n'intervenons que si nécessaire. Même par temps froid, nous nous installons sur le banc, en rentrant, nous sommes courbaturées et nous tombons déjà de sommeil.

Aujourd'hui, je regarde les vidéos où tu apparais. A cette occasion, je redécouvre ta voix et tes expressions. Inexorablement, je crains autant que je me réjouis de t'entendre à nouveau. En même temps, je pense à Mattéo, qui ne possède pas ces fichiers. Le temps venu, j'espère qu'il pourra visionner ces temps heureux. Au fil de ma lecture, je m'entends, parfois railleuse. Je n'apprécie pas cet état d'esprit et j'espère qu'il ne me correspond plus. Ces moments de vie révèlent nos joies et nos angoisses. Malheureusement, je m'entends te dire, d'un air goguenard : « Bouh, t'es nulle !», quand tu es un peu désemparée sur une attraction de Disneyland dans laquelle tu dois tirer sur des cibles avec un pistolet laser. Alors, je regrette et à présent, je comprends que l'on t'a trop souvent mésestimée. A travers l'écran, je vois cette petite fille figée par le jugement de sa mère sarcastique, doutant de son intelligence. Jamais je n'aurais dû m'autoriser cela. Mes parents prenaient grand plaisir à se moquer de ma maladresse. D'eux, j'ai hérité de cette désagréable habitude. Evidemment, je ne cherche pas à blesser. Mais je tiens de mon père cette propension à juger et à ne pas supporter la contradiction. A cette époque, je considérais comme un affront une opinion différente de la mienne. On se défait difficilement de son enfance.

Sans conteste, tu as bataillé pour gagner ta dignité, pour prouver ta compétence. Ni l'une, ni l'autre n'avons évoqué notre enfance, comme s'il s'agissait d'une époque de ténèbres. Les deux petites filles n'avaient jamais existé, des adultes fracassées avaient pris le relai. Maintenant que tu as disparu de ce monde, j'aurais aimé que tu me parles, que tes douleurs se confondent avec les miennes. Bien trop souvent, les adultes se liguent et s'acoquinent pour dézinguer l'amour propre de leurs enfants. Sans aucun doute, les autres avaient agi ainsi. Mon père me jalousait, il aurait volontiers vitupéré contre moi. Sur le plan intellectuel, je l'avais égalé et dépassé très tôt. A chaque occasion, il tentait de me couper les ailes. J'avais connu un père jaloux désireux de me faire marcher au pas. De ton côté, tu avais subi une mère rabaissante. A moi d'imaginer ton témoignage.

« Jusqu'à la fin de mon adolescence, j'ai subi une mère dénigrante. Elle n'arrêtait pas de se moquer de mes difficultés. Je n'arrivais pas à apprendre mes leçons. Jamais on n'a su pourquoi. Je te jure, je me mettais face à mes livres, je me concentrais mais rien ne rentrait. Maintenant, on essaye de comprendre, on n'essaye plus d'humilier les enfants. Qui étais-je alors ? Je me souviens surtout des mauvaises notes, de ma mère qui hurlait que les zéros me suivraient dans ma vie. Elle me disait que je devrais montrer mes notes de primaire pour me faire embaucher. Mais ils ne me prendraient pas, j'étais trop stupide pour qu'ils s'intéressent à moi. A la remise de chaque évaluation, je frissonnais. Elle allait me sermonner, me marteler que je n'arriverai à rien dans la vie. Je finirais sous un pont et elle garderait sa porte fermée. Tu feras une métier de nulle, parce que tu es débile. Tu n'arrive pas à apprendre les choses les plus faciles. Je perds mon temps avec toi.

Ma mère cherchait quelqu'un pour briller à sa place. Socialement, elle n'était pas monté très haut. Elle me rêvait médecin ou avocate. Elle m'aurait condamnée à cela si j'en avais les capacités. Mais mes résultats de cancre, elle les prenait comme une offense personnelle. Selon elle, j'échouais volontairement. Je te jure que rien ne m'aurait permis d'apprendre mes leçons. Je m'asseyais à la table de la cuisine et j'essayais de faire rentrer mes récitations. Mais quelque chose se bloquait chez moi, m'empêchait de réussir à l'école. Mais je travaille, je gagne ma vie. Mon métier d'infirmière me permet de prendre soin des autres. Je me trouve à présent plus accomplie que ce qu'elle aurait imaginé. Laissons-là où elle est, à répandre son venin sur autrui. Voilà ma condition. »

A ce moment, tu avais entamé ta descente. A cette époque, Dieu ne marchait pas encore avec moi. Par mes mains, j'aurai extirpé de sa force pour te rendre raisonnable. Le Tout-puissant demeurait en embuscade, attendant le moment propice pour m'enlacer. Si tu avais connu sa grâce, son amour incommensurable, il aurait su te guider pour prolonger ta vie. Je prie pour qu'il ait adouci ta fin.

Les semaines et les mois passèrent. Sans que j'y prête attention, tu travaillais de moins en moins souvent. Dans ma distraction, j'intégrais ce changement comme tout à fait naturel. De toute manière, je n'aurais jamais osé t'interroger sur ta situation personnelle. Te questionner, c'était déjà te juger.

Notre amitié de plus en plus proche, tu décidais de me faire garder Mattéo, à la MJC. Tu ne me disais rien de ton activité. Parfois, tu disparaissais plusieurs heures. J'occupais ma fille et ton fils, essayant de masquer mon inquiétude. A partir de là, je souffris d'attaques de panique. Mon pouls s'accélérait, ma respiration se raccourcissait et mes membres tremblaient. Mon cerveau me criait : « Attention, il y a danger ! ». Devant les enfants, je masquais au maximum mes symptômes. Je m'installais sur la chaise la plus éloignée et j'essayais de reprendre le contrôle. Par ta faute, je ressentais de l'abandon. Jamais tu ne me donnais la moindre garantie sur ton retour.

Que cherchais-tu hors de chez toi, hors du quartier ? J'appris que tu avais rencontré quelqu'un. Patrick. Tu avais choisi un homme qui n'avait jamais eu la moindre expérience avec une femme. Ni Apollon, ni Héphaïstos, il ressemblait à un individu lambda. Seule la timidité ou l'inhibition l'avaient empêché de connaître une intimité féminine. Dans le centre commercial, tu te promenais avec lui, main dans la main. Sans songer que tout le voisinage pouvait te surprendre et te dénoncer à ton compagnon.

Patrick vivait ce chaste contact physique plus intensément qu'une nuit torride. De tes doigts, il lui semblait battre tes artères, frémir tes mamelons et s'humidifier ton sexe. A travers cette porte d'entrée, il imaginait accéder à toi, te voir te livrer corps et âme à lui. Il se voyait aspirer tes seins comme un amant délicat, maîtrisant la moindre pression, t'arrachant des gémissements d'extase. Dans son imagination, entre tes cuisses, il aurait laissé ses lèvres vagabonder entre chaque parcelle de ton intimité.

A Patrick, tu offrais une aumône, un petit geste de mansuétude. Cet amour, spirituel et physique, tu y consentais en lui offrant ce dédommagement. Mais, quel traitement cruel de n'offrir à cet homme que la sensation de phalanges qui s'entrecroisent. Pas de baiser, encore moins d'embrassade. Tu le traitait comme un homme d'intérêt mais en même temps indigne de toi. Jamais il n'avait connu une femme et toi, tu le condamnait à un amour platonique bancal. A mon sens, il méritait une amante qui lui donne toute sa ferveur, qui compense avec sa dévotion toutes ses années ternes. Qu'il reçoive la promesse des plaisirs sensuels, après toute cette existence en demi-teinte.

Tu savais que l'on ne fait pas miroiter à un homme vierge la perspective d'une romance. Patrick ne méritait pas que tu le manœuvres ainsi. Par équité, tu aurais dû le repousser, ou admettre totalement son amour. Prends l'amant, initie-le, mais, cesse d'ourdir un ersatz de romance. Ton soupirant devenant ton allié et jusqu'où sa soumission pouvait le galvaniser ? Le concernant, tu l'évoquais avec un mélange d'attendrissement et de mépris. Un pauvre type en somme. Ainsi, tu disparaissait plusieurs heures, pleines de mystères, pour ensorceler Patrick, une adorable personne, que tu ne respectais pas.

Patrick, ta belle se dérobe à ta main

Et tu frémis à la douceur de sa paume
Peut-être qu'à toi elle s'abandonnera demain
Qu'auprès d'Eros, tu déclameras des psaumes

Patrick, mais à quoi ressemble le paradis
A son parfum qui t'entraîne au firmament
A ses yeux brillants de mille maravédis
A cette bouche, qui t'embaume de serments

Patrick, sais-tu, elle t'enrobe de mensonges
Elle berne ton cœur d'éternelles mélopées
Mais elle te précipitera dans la fange
Jamais en elle tu n'enfonceras ton épée

Patrick, celle qui t'aime existe quelque part
Elle te délivrera de cette infamie
Et tu connaîtras la paix avec son départ
Dans ton existence brillera l'accalmie

Sans que je le veuille, elle m'embarquait, en me laissant Mattéo, dans ce comportement immoral. Réellement, j'aurais préféré qu'elle le satisfasse, qu'elle trompe franchement Alain au lieu de manipuler son amoureux transi. De même, je ne comprenais pas la cohérence de se promener la main dans la main dans un endroit sur-fréquenté. A chaque instant, les dizaines de personnes qui la connaissaient dans le quartier pouvaient la croiser et essaimer à tout vent leur rencontre. Très souvent, elle manquait de réalisme comme si ses vœux pouvaient se réaliser. Comme une petite fille, elle se croyait invisible dès qu'elle en exprimait le désir. L'omnipotence enfantine aurait dû cesser depuis des lustres, mais elle persistait en elle. Jamais elle n'avait renoncé à ces pensées puériles.

Un jour, elle m'annonça qu'on lui avait retiré son permis. Depuis plusieurs mois. Elle l'ignorait auparavant m'affirma-t-elle. De manière légitime, je m'interrogeais. On ne lui avait pas expédié un recommandé pour l'en informer ? Non, affirma-t-elle. Avec le recul, je comprends qu'elle n'avait pas évoqué avec Alain cette décision pour ne pas l'irriter.

Quand elle se tourna vers moi pour rédiger une annonce en vue de vendre sa voiture, je ne fis même pas le lien. Simplement, elle justifiait qu'elle avait besoin d'argent. Comme je possédais un appareil reflex et de l'aisance en photographie, je préparai une annonce proposant une voiture en bon état et un prix attractif. Mes photos mettaient en valeur le véhicule. Sans difficulté, elle le céda. Apparemment, elle n'en semblait nullement chagrinée.

Je me doutais bien qu'Alain l'avait exhortée à se débarrasser du véhicule. Pourquoi, en tant qu'amie, faisait-elle tant de mystères alors que je lui aurais volontiers prêté oreille ? Jamais je n'aurais exigé d'entrer dans son intimité. Mais, malgré moi, elle me soumettait des requêtes qui me dépassaient et dont le sens m'échappait. Par certains aspects, elle dépendait bien trop de moi.

A une occasion, elle emprunta de l'argent à Alain. Elle lui affirma que j'avais besoin de cette somme pour faire un cadeau à mon compagnon. Bien entendu, je me retrouvais encore devant le fait accompli. Je servais peut-être de prétexte dans d'autres situations. « Mais je n'ai rien demandé et je ne souhaite pas que tu me mêles à ça » aurais-je dû répliquer. Je ne t'appartenais pas. A cette révélation, je ne ressentis pas de colère, mais du dépit. Je ne comprenais pas qu'elle m'impose cette contribution. Si Alain m'avait interrogée, je lui aurais répondu que je n'avais rien sollicité. Par la suite, je ne sus même pas si elle avait remboursé la somme. Aux yeux d'Alain, je me sentais dégradée.

A mesure qu'elle me laissait Mattéo pour badiner avec Patrick, mes attaques de panique se rapprochaient. A leur maximum, les battements cardiaques oscillaient entre 110 et 115 pulsations par minute. Je me retrouvais donc avec les normes d'une activité physique modérée, mais je demeurais coincée sur ma chaise. Malgré ces incidents peu impressionnants, je souffrais comme si mon cœur allait exploser. Nathalie avait activé une angoisse, sans doute archaïque. Rétrospectivement, je connais la source de cette violente réaction. Mais ici, j'ai décidé d'éviter d'évoquer mon enfance.

Pour remédier à ces crises difficiles à contrôler, on me prescrit du lexomil. Aux moments les plus critiques, j'en engloutissait une barrette et demie. Auprès des enfants, je réussissais à dissimuler mon malaise. Jamais ma fille, ni Mattéo ne prirent connaissance de ma souffrance. Habilement, je masquais les symptômes qui m'assaillaient, je m'isolais au fond de la MJC. Comme cela, j'entendais les jeux des enfants, tout en me concentrant sur ma reprise de contrôle. Durant 8 ans, j'ai enduré régulièrement cette sensation de mort imminente. Bien sûr, je comprenais que mon corps me donnait les signaux d'un danger majeur. Quelque chose venait de se détraquer dans mon cerveau.

J'ignorais si le comportement de Nathalie avait agi en créateur ou en révélateur. Pour ma part, je pense qu'il nécessite des prérequis pour déclencher ces anomalies éprouvantes.

Par peur de déranger, je refusais de porter à sa connaissance ces malaises très anxiogènes qui parcouraient mon corps. Pendant des années, je me figurais que la moindre opposition, la moindre anicroche allaient m'aliéner tous ceux que j'aimais. Je ne croyais pas à mon droit de protester et ni que je pouvais défendre ma dignité. Les autres me condamneraient à la solitude. Pour ne pas perdre son amitié, je taisais mes réserves, les remarques qui pouvaient devenir litigieuses.

Plus tard, à force de travail sur moi, j'ai osé déclarer à une amie : tu m'as blessée. Pour l'instant, néanmoins, ma complaisance vis-à-vis de Nathalie correspondait à de l'abnégation. Si j'avais fait la revue des événements passés de manière strictement factuelle, j'aurais réalisé le préjudice que j'allais subir.

Durant un magnifique jour d'été, nous décidâmes de profiter de la fraîcheur de la piscine en plein air. Nathalie, sur un coup de tête, avait acquis un élégant vélo rouge et blanc. Elle n'avait pas prévu de quoi l'attacher. Arrivés, je constatai devant le portail qu'elle ne possédait pas d'antivol. Je lui suggérai de venir le jour suivant, le temps de s'équiper. Mais non, sa résolution n'admettait aucune attente. Un peu dubitative, je respectais sa décision.

Nous profitâmes de cette charmante après-midi à siroter des cafés et offrir des glaces aux enfants. Nous savourâmes la fraîcheur vivifiante de la piscine. Tous les quatre, nous sortîmes, détendus et épanouis. Nathalie constata alors la disparition de son vélo neuf.

Déçue, penaude, elle s'étonna que quelqu'un ait profité de cette opportunité. Alain me fit part de son agacement. On pouvait se fier à l'humanité, mais pas à ce point. Visiblement, il ne comprenait pas son acharnement à assouvir tous ses désirs, sans restrictions. Je lui répondis que je regrettais moi aussi cet épisode fâcheux. Certaines choses, dans le comportement de Nathalie, semblaient nimbés de mystère. Pourquoi cette impulsivité ? Il lui fallait posséder des choses immédiatement. Peu lui importait d'en connaître l'usage.

Un ordinateur, neuf, dans son carton d'emballage, ainsi qu'une console de jeu, elle aussi comme sortie de rayon, attendaient dans l'armoire de sa chambre.

Quand elle admit des problèmes d'argent, je l'encourageai : « Tu peux revendre tes objets. Ils ne seront pas au prix d'achat, mais ça pourrait t'aider. » Elle considéra mon conseil d'un air un peu sceptique, refusant visiblement de s'en débarrasser. « Mais à quoi te servent-ils ? Tu ne les as pas sortis de l'emballage. Tu comptes vraiment utiliser cet ordinateur ? As-tu pris des jeux pour cette console ? Ca te rendrait service d'aller dans une boutique qui paye en cash. » Peut-être souhaitait-elle que je sollicite mon compagnon pour un prêt. Mais je pense qu'elle m'aurait posé cette question frontalement.

De ma suggestion, elle ne tint nullement compte. Ces achats inutiles, elle les adorait, ils la rassuraient. A juste titre, je pensais que la perspective de s'endetter devait étioler cette idolâtrie. Elle s'accrochait à ses appareils comme au Suaire de Turin ou une autre relique fabuleuse. Son intérêt, elle ne le percevait pas. S'affranchir de ses dettes, simplement en renonçant à l'inutile lui demandait trop de concessions.

En tentant de me concentrer, je n'arrive que difficilement à démêler l'écheveau de cette trame narrative. Avait-elle perdu son emploi? Avait-elle pris connaissance de la suspension de son permis dans les délais normaux ? D'où venait l'initiative de vendre sa voiture ? Comment avait-elle réussi à obtenir de fortes doses de médicaments ? Avant-elle dérobé des calmants à l'hôpital ? Ma contribution consiste à exposer la vérité. Le reste tient lieu de spéculation. Alain et Nathalie me fournissaient leur version et leur ressenti.

Dans ce livre, vous ne trouverez rien d'apocryphe. En mentant, j'insulterais les défunts. Depuis vos tombes, je me dois de témoigner, sans négliger l'amour que je ressentais pour vous deux. Ce genre de drame ne suit pas un tracé unilatéral.

Par une froide matinée d'automne, Nathalie me téléphona : « Alain m'a passé son chéquier. Il m'a dit que je pouvais acheter ce qui me ferait plaisir ». Avec un candeur consternante, j'acquiesçai à sa proposition de l'accompagner. Mes bases techniques me permettaient sans peine de débusquer le meilleur rapport qualité-prix dans une série d'appareils. Nous partîmes pour Paris. Après quelques comparatifs, je lui indiquai l'objet qui présentait le plus d'intérêt. La mémoire vive, le processeur, la mémoire interne et l'autonomie formaient une combinaison sûre pour un achat satisfaisant. Au modèle que je lui proposai, elle répondit favorablement.

Au moment de passer en caisse, elle connut sa première déconvenue. Bien entendu, on exigeait une pièce d'identité pour encaisser. En aparté, je lui demandais pourquoi Alain ne lui avait pas fourni la sienne.

Elle parlementa, mais le caissier, inflexible refusait l'encaissement sans pouvoir garantir la légalité par la présence de l'émetteur. Pendant ce temps, j'attendais sagement que Nathalie poursuive ses négociations. Je ne voyais pas comment elle aurait pu réformer le règlement intérieur du magasin d'électronique. Nous essayâmes d'autres enseignes. A chaque fois, la tablette convoitée, elle la tenait avec impatience. Mais lorsqu'il fallait payer, la situation se réitérait. On n'acceptait pas un chèque comme cela, on exigeait une garantie. Alors, Nathalie tenta sa chance à l'hypermarché proche de chez nous. Elle repéra le modèle qu'elle souhaitait. Je compris alors sa stratégie, et, encore aujourd'hui, je la trouve lâche et insultante.

Elle se dirigea vers un caissier sourd. En passant par lui, elle espérait qu'il ne tenterait pas de communiquer avec elle ou de solliciter un superviseur. Il encaissera, et se taira. Effectivement, je la vis se positionner près de lui et tendre son chèque. Il consentit à prendre le chèque, elle me regarda, comme d'habitude, elle avait tout obtenu.

Je trouvais honteux d'exploiter le handicap du caissier. En aucun cas je n'aurais voulu qu'il porte le blâme de cette transaction illégale. A force, j'aurais dû comprendre que la différence de l'autre lui servait à assurer son confort.

Pendant toute la journée, elle m'avait baladée de magasins en magasins, dans la région. Jamais je n'avais perdu patience, j'attendais qu'elle obtienne cette tablette qui la comblait de joie. A aucun moment je ne pensais que je cautionnais, par mon silence, un comportement interlope.

Alain me déclara que jamais il ne lui avait laissé son chéquier à disposition. Au contraire, il tentait de freiner les dépenses. Il me comprenait, il savait que j'avais été encore un fois sa dupe. Mortifiée d'avoir assisté à un épisode frauduleux, je me sentais d'une bêtise abyssale.

A propos de moi, j'ignorais mon autisme. Celui de ma fille, bien plus visible me prenait du temps et de la patience. La vulnérabilité qui existait en moi, je la sentais, mais sans pouvoir la verbaliser. Ma crédulité de petite fille, elle l'avait comprise. Jamais, je n'arrivais à envisager qu'autrui brave les lois, en ma présence, et en demandant ma contribution. Quelque chose en moi disait : « Vous pouvez me demander tous les services que vous voudrez, je vous les rendrai et tolérerai votre ingratitude ». Nathalie, tous comme les autres avait détecté cette faille.

Je pense parfois à cet homme, qui a dû beaucoup lutter pour obtenir son travail. Années après années, il a appris à se mêler aux entendants, à comprendre leur système de pensée. Elle a tiré partie de ce qui lui restait d'inadaptation. On lui accordait de la confiance. On le savait apte à appliquer le protocole. Peut-être avait-il remarqué la non-conformité de la transaction. Mais à quoi devait-on s'attendre de sa part ? Avec quels outils aurait-il communiqué avec Nathalie ? Jusqu'où son apprentissage de la langue orale avait-il été poussé ? Peut-être que l'employeur, dorénavant, éviterait d'embaucher un sourd puisqu'il ne pouvait pas empêcher l'encaissement de chèques volés.

Je ne pense pas qu'Alain ait contacté l'hypermarché pour demander des comptes. Toute exaltée, elle brandissait sa tablette, fière de son achat. Comme elle peinait en informatique, elle me demandait de lui installer des applications. Conformément à sa demande, j'ai paramétré l'appareil de la manière la plus agréable possible.

Encore un avertissement, aurait dû me hurler mon cerveau. Au lieu de la vilipender, je continuais à lui rendre service. Fariboles , peccadilles, me mentais-je. Dans mon amie, je ne reconnaissais pas une personne malhonnête, incapable de contrôler ses pulsions d'achats. Je te suivais, je t'obéissais et j'acceptais tout par peur du rejet.

Plus le temps avance, plus les gens s'approchent de moi pour demander de l'aide. Bien sûr, je me rends compte que bien souvent ils abusent. Refuser de donner de mes compétences équivalait au jugement et à l'hostilité des autres. Mon éducation, m'a appris l'impossibilité de se défendre et l'obligation de se soumettre. Ainsi, j'ai admis, au cours de ma vie, beaucoup de situations qui me répugnaient et j'ai subi des traitements qui en révolteraient plus d'un. Je continue à devoir fixer des limites, réapprendre à m'approprier ma dignité.

Au début du mois de décembre, elle m'alpagua. Elle me demandait un service. Pouvais-je garder Mattéo cette nuit ? Ce soir, elle désirait régler les choses avec Alain, Elle m'alarma sur sa violence. Quelquefois, j'avais assisté à quelques bribes de mauvaise humeur, mais je ne croyais pas les assertions de Nathalie. Ma fille appréciait Mattéo et elle s'amuserait beaucoup à passer la soirée et la nuit en sa présence. Avec plaisir, je m'occupais de ma fille et de mon petit invité. Ils jouèrent et s'endormirent paisiblement.

Au début de matinée, j'entendis la voix d'Alain à l'interphone. Un peu interloquée, je lui ouvris l'entrée de l'immeuble. Une fois chez moi, sans préambule, il démarra un monologue.

- J'ai besoin de te parler. Il est arrivé quelque chose de grave. Je ne sais plus vraiment quoi faire. Hier soir, elle a fait venir un homme, Patrick. Il me menaçait avec la machette. J'ai d'abord demandé où se trouvait Mattéo. Elle m'a répondu qu'il dormait chez toi. Je me retrouvais rassuré pour lui, pour qu'il n'assiste pas à cette scène. Patrick était rendu furieux contre moi. Il hurlait que je la violais, que cette horreur devait cesser et que je méritais de mourir. Bien sûr, rien de tout cela n'était vrai. J'ai tenté de l'apaiser tandis qu'il brandissait l'arme. Je lui dis : « Ecoute Patrick, calme-toi, on peut discuter. ». Je lui ai répondu que les accusations étaient délirantes. Jamais je n'avais eu de geste maltraitant envers elle. Au contraire, j'avais été patient là où un autre aurait explosé. Patrick commençait à m'écouter, à remettre en cause la version de Nathalie. Je lui ai demandé s'il était prêt à aller en cour d'assises pour une femme qui lui a retourné la tête. Alors, il réfléchit sur l'avenir qui l'attendait. L'amour l'avait rendu fou. Je ne méritais pas qu'on me découpe. Il ne méritait pas de prendre perpétuité. Je ne jouais pas la solidarité masculine, je lui parlais en être humain. Patrick redescendait. Il considérait la machette, cette arme terrible. Par quoi aurait-il commencé ? Il lui aurait fallu plusieurs coups pour détacher ma tête. J'ai déjà entendu parler des décapitations à la hache ou à l'épée. L'arme manque de précision et le bourreau doit s'y prendre à plusieurs fois avant de décoller totalement la nuque. Je lui demandai s'il oserait, en me tuant, tuer son humanité. Nathalie mentait. Devant la justice, elle pouvait accuser Patrick. Je lui expliquais que je voyais qu'il était une bonne personne. Il avait rencontré Nathalie et elle avait réussi à l'utiliser, à le pousser à commettre le pire. Mais nous pouvions tous les deux échapper à ce destin. Je continuais de dialoguer avec Patrick. Je l'empêchais d'écouter les ordres de Nathalie. Elle ordonna à Patrick de me donner un verre d'eau. Je vis, devant moi une bouteille de déboucheur pour canalisation, ouverte. Au moment de me tendre le verre, Patrick et moi, nous avons senti l'odeur de ce poison. Alors, il lui restait donc un autre plan. Dans tous les cas, elle voulait que je souffre. Je peux te le dire, maintenant, j'ai peur. Tu vois ce dont elle est capable ? Et comment je vais me débrouiller avec Mattéo ? Il a bien dormi cette nuit, n'est-ce pas ? Heureusement qu'elle ne l'a pas mêlé à ça. Je ne suis pas le monstre qu'elle décrit. J'ai appelé la police et elle est en garde à vue. Je viens pour récupérer Mattéo. Je suis soulagé, je croyais ne jamais le revoir. Tu sais, je comprends que je suis passé très près de la mort. Mais en même temps, je ne veux pas que mon fils voit sa mère comme une criminelle. Pour le moment, je dois le ramener à l'école et un peu me reposer. Tu sais, je suis complètement brisé. Je l'aimais et elle a osé essayer de m'assassiner. Qui me prouve qu'elle ne mettra pas de poison dans ma nourriture ? Qu'elle ne paiera pas un tueur à gage ? Peut-être trouvera-t-elle un autre Patrick pour m'étouffer avec des oreillers dans mon sommeil. Maintenant, je dois m'attendre à tout, à n'importe quel moment et à n'importe quelle heure. Je n'existe plus. Le mot demain n'a plus de sens pour moi. Chaque heure gagnée sur elle sera un trophée. J'espère que tu me crois. A toi aussi elle a peut-être menti. Mais je te jure que toutes ses accusations ne sont pas réelles. Je sais que tu crois en mon honnêteté. Bien sûr, elle sait tromper tout le monde. Au commissariat, on m'a dit : « Faites attention, cette femme est fragile. Et si elle est fragile, elle est dangereuse. ». Où va-t-elle aller ? Je vais devoir vivre encore avec elle ? Que vont-ils faire là-bas ? La relâcher ? Mais, dis-moi, si j'avais moi, tenté de l'assassiner, est-ce qu'on m'aurait laissé partir ? Aurais-je des circonstances atténuantes ? En tant qu'homme, on m'aurait traité différemment ? Je serai le prédateur suprême qui poursuit une petite biche sans défense. J'ai sauvé ma vie sans violence, j'ai parlé à ce pauvre type qui est aussi une victime. Enfin, Mattéo dormait tranquillement, il n'a jamais rien su de cela. Je te remercie de l'avoir gardé. Tu peux me faire confiance, tu peux me le remettre, je ne veux que son bien. Je pense que tu as bien vu à qui tu pouvais faire confiance.

- Oui, Alain, j'ai compris. Je ne savais pas qu'une telle chose allait arriver. Je suis désolée pour toi. Je vais bientôt réveiller les petits. Je vais leur servir leurs céréales et ils seront bientôt prêts à partir pour l'école. J'espère que ça va aller.

Mattéo, qui d'habitude souffrait d'énurésie n'avait pas souillé son pyjama ce jour-là. Malgré la largeur étroite du lit de ma fille, je parvins à les installer tous les deux, en les plaçant tête-bêche. Ce genre de petits « accidents » arrivaient généralement pour des raisons psychologiques. Mattéo se sentait en sécurité chez moi et en présence de ma fille. Par une peur instinctive, je craignais qu'ils ne manquent d'oxygène. Je me surpris, la nuit, à entrebâiller la porte pour m'assurer qu'ils respiraient correctement. Ma fille recevait pour la première fois un petit invité pour dormir. Elle lui avait elle aussi transmis de la sécurité qui régnait dans sa chambre.

Quand il sortit avec son père, je me demandais si je n'avais pas causé un nouveau drame. N'allait-il pas s'enfuir avec son enfant ? Par la fenêtre, je poursuivis le parcours d'Alain jusqu'à l'école. Je respirai quand je le vis le déposer devant la porte de l'établissement. J'adhérais enfin totalement à son innocence.

Ainsi, la résolution de Nathalie pouvait conduire jusqu'au meurtre. A la machette, comme les atrocités contre les Tutsi. Découper un homme vivant… Comment as-tu osé l'envisager ? L'empoisonner au déboucheur de canalisation, lui faire endurer la torture de ce liquide dans son tube digestif ? Je ne le souhaite pas à la pire des teignes. As-tu pensé à Mattéo, à le priver de père par caprice ? Je connais ton amour pour ton fils, mais Alain ne le ressens pas avec moins d'intensité. Tu ne voulais pas une issue légale à cette rupture. Tu le voyais comme un obstacle et tu ne voulais pas le surmonter, prendre une résolution d'adulte. Comme la Reine de Cœur, tu pérorais : « qu'on lui coupe la tête ! »

Dans le courant de l'après-midi, Nathalie m'appela. « Ils m'ont fait une fleur, ils m'ont laissée partir. » J'écoutai, je lui répondis froidement mais sans colère. Désormais, elle ne craignait qu'une chose que les autres aient connaissance de l'agression et qu'elles la repoussent. Rapidement, elles surent qu'il s'était passé quelque chose de grave, mais elles en ignoraient la teneur. Jamais je ne l'aurais livrée à la curiosité publique.

Sans régler mes comptes, je lui signifiais que je voulais prendre du recul par rapport à notre relation. Pendant ce temps, elle s'inquiétait que les autres ne réagissent sévèrement. Sans conteste, j'avais des informations qui l'auraient ostracisée pour plusieurs décennies. Mais je décidai de ne pas utiliser cet avantage pour lui nuire.

Jamais je ne devais oublier que j'avais été le rouage d'une entreprise criminelle. En cours d'assises, on aurait recueilli mon témoignage. J'aurais dû justifier ma complaisance envers les actes de Nathalie, me flageller pour ma faiblesse. Avec sa voix de sirène et son physique avantageux, elle aurait convaincu le jury qu'elle se protégeait d'un prédateur. La preuve, elle avait amadoué les policiers au lieu de partir directement en préventive. Faisons preuve de bonne foi et admettons que si un homme avait eu les mêmes agissements, on l'aurait incarcéré immédiatement.

Alain comprenait qu'il n'aurait pas droit à la moindre protection. Elle regagnait le domicile après cette nuit d'horreur. Par amour pour Mattéo, Alain demeurait chez lui, tout en sursautant à la voix et au pas de sa compagne. Quand il servait à manger, il inspectait avec méfiance sa portion. Avant de s'endormir, il considérait l'oreiller comme une arme possible, sentant déjà sa pression sur son visage, au milieu de la nuit.

Je n'imagine pas ce cauchemar. De se sentir vulnérable, dans son propre lit. Je doutais fortement de sa violence. Il avait subi l'attaque le 6 décembre, jour de la Saint-Nicolas. Ils vécurent encore ensemble un mois.

Ce matin de janvier, je me dirigeai vers l'école maternelle. Je pouvais y croiser quelques copines qui avaient de jeunes enfants. J'entendis furtivement : « la mort des parents de Mattéo ». Je ne compris rien et j'ignorai ces quelques mots qui me paraissaient délirants.

A mes côtés, j'aperçus Nassera. On la connaissait dans le quartier pour son goût du commérage. A l'évidence, elle venait se régaler des réactions du voisinage. Ce même jour, j'appris qu'une institutrice était décédée dans un accident de la route. Elle réjouit son âme répugnante quand elle assista à un sanglot d'une mère. Je sentais sa jubilation dans cette expression de désespoir. Par la suite, je compris qu'elle venait pour moi, qu'elle s'apprêtait à prendre plaisir de mes larmes. Je rentrai chez moi, sans réaliser que je venais d'entendre une vérité qui devait m'anéantir.

Au milieu de la matinée, une amie sonna à mon interphone. En pantoufle, je descendis dans le hall. « J'ai quelque chose à te dire, commença-t-elle. Les parents de Mattéo sont morts. » Dans un accident ? « Non, en fait, il l'a tuée et il s'est pendu. Je ne sais rien de plus. J'ai pensé que tu aurais préféré que je t'en parle seule à seule. Les autres voulaient que l'on t'en parle ce soir, toutes ensemble, à la MJC. » Je la remerciai. A juste titre, je saluais son initiative. J'aurais eu en horreur les tentatives pour me dorloter, me prendre la main et récolter mes pleurs. Cette amie me permettait de réaliser à mon rythme cette terrible nouvelle. Je joignis d'abord la police pour qu'ils m'informent du déroulé des faits. Ils refusèrent de me communiquer quoi que ce soit. J'espérais que je ne m'adressais pas aux mêmes inconséquents qui avaient levé la garde à vue de Nathalie. Alors, je m'adressai à l'école élémentaire. La directrice me confirma la mort des parents d'un de ses élèves. J'imagine qu'elle ressentait beaucoup de peine pour ce petit garçon.

Nous étions le lundi 7 janvier 2013, à la reprise des vacances de Noël. Dans ma chambre, je m'installai et je réfléchis. Ils étaient morts ? Je ne les reverrai donc plus ?

Et Mattéo ? Il avait passé le Nouvel An chez son grand-père et sa compagne. Inquiets de ne pas pouvoir joindre Alain et Nathalie, ils revinrent déposer Mattéo plus tôt que prévu. Confrontés au silence, ils prévinrent les pompiers de la situation critique. Rapidement, ils pénétrèrent l'appartement et découvrirent les deux cadavres. Nathalie, présentait une blessure à la tête, puis Alain lui avait appliqué un sac plastique. Ensuite, il avait décidé de se pendre.

Mattéo avait perdu les deux personnes les plus importantes de sa vie. « Alors, je n'existe plus. »

Restait la question, lancinante, mais finalement inutile : qui avait donné le premier coup ?

Printed in Poland
by Amazon Fulfillment
Poland Sp. z o.o., Wrocław

44084551R00025

44084560R00025